四時佳興

小诗100首

周洁——著

南方日报出版社
NANFANG DAILY PRESS
中国·广州

图书在版编目（CIP）数据

四时佳兴：小诗 100 首 / 周洁著. -- 广州：南方日报出版社，2019.8
ISBN 978-7-5491-2015-4

Ⅰ. ①四… Ⅱ. ①周… Ⅲ. ①古体诗－诗集－中国－当代 Ⅳ. ①I227

中国版本图书馆 CIP 数据核字（2019）第 140424 号

SISHI JIAXING

四时佳兴：小诗 100 首

作　　者：周　洁
出版发行：南方日报出版社
地　　址：广州市广州大道中 289 号
封面题签：郭一鸣
出 版 人：周山丹
出版统筹：谭庭浩
责任编辑：陈　静
装帧设计：邓晓童
责任校对：裴晓倩
责任技编：王　兰
经　　销：全国新华书店
印　　刷：广州市岭美文化科技有限公司
开　　本：889mm×1194mm　1/32
印　　张：7.125
字　　数：50 千字
版　　次：2019 年 8 月第 1 版
印　　次：2019 年 8 月第 1 次印刷
定　　价：48.00 元

投稿热线：（020）87360640　读者热线：（020）87363865

万物静观皆自得，

四时佳兴与人同。

——［宋］程颢《秋日偶成》

序

“自然总是呈现心灵的色彩”

周洁的诗，我最早是在微信朋友圈看到的，多的时候三天两头就有一首。她住在香港，平日不忙，时常出门走走，散步晃荡，登山观海，让自己沉浸在大自然之中，物我两忘，相看两不厌；乘兴而往，兴尽而返，心有所感，便发而为诗。朋友圈里，她喜欢把刚刚创作出来的诗，用她那手漂漂亮亮的字，清清爽爽抄录在便笺上，再配搭一张照片：正是照片上的风景触发了她的诗思与灵感。本书左图右诗的结构，即源自她在朋友圈的呈现习惯。

周洁将她自己这本诗集命名为《四时佳兴》，真是再贴切不过了。大家一望而知，书名取自宋代大儒程颢《秋日偶成》一诗：“闲来无事不从容，睡觉东窗日已红。万物静观皆自得，四时佳兴与人同。道通天地有形外，思入风云变态中。富贵不淫贫贱乐，男儿到此是豪雄。”汪曾祺先生非常喜欢其中“万物静观皆自得，四时佳兴与人同”两句，他曾经用这两句和另两句“顿觉眼前生意满，须知世上苦人多”，来表达他的生活态度和创作态度。汪先生去世前给《南方周末》开过一个专栏，就叫《四时佳兴》。这四个字，也足以标示周洁这本诗集的鲜亮特色。诗从何来，诗状何物，诗寄何情……在在植根于“四时佳兴”所包含的自然生机和四季流转当中，尤其是由此而生的种种感发兴起当中。

这本诗集似乎只有一个“主角”，就是自然。是自然，时常召唤周洁来到自然之中；是自然，给予她放松、滋养甚至疗愈；是自然，不断刷新她的审美眼光和诗性心灵，让她看见更美的自然和自己；当然，也是自然，春夏秋冬摇曳多姿地跃动在她一首又一首诗作里。

情不自禁想起爱默生的《论自然》。面对经典，何妨偷懒，只须从中摘录数句，便用不着我再来饶舌，读者诸君亦自可从中领悟自然的意义：“大自然从不平凡。最聪明的智者也无法穷尽自然的秘密，不会因为发现自然的完美而失去好奇心。……鲜花、动物、山峦愉悦了他纯真的童年，映射出他睿智的盛年。”“坦白地说，没有几个成年人能发现自然。……自然的热爱者，他内心和外在的感觉仍然是协调变化的，即使进入成年，他仍能保有童年的心灵。……面对自然，即便他正经历苦痛，却有强烈的愉悦之情滋养身心。……不仅仅是白昼、夏日，每一小时、每一季节都给人带来愉悦。从令人窒息的正午到最阴冷的午夜，每一小时，每一变化，都使人产生不同的心境。无论是喜悦还是悲伤，自然都是契合的背景。”“站在空地上，沐浴在快乐的空气中，我仰头望向无尽的天穹——所有狭隘的自我消失了。我变成了一个透明的眼球。我什么都不是，我看到了一切。……在静谧的风景里，在遥远的地平线上，人类看到了像其本性一样美的东西。”“自然总是呈现心灵的色彩。”（[美]拉尔夫•瓦尔多•爱默生：《论自然》，吴瑞楠译，中译出版社，2010年第一版。）

热爱自然，亲近自然，带给周洁丰盛的内心和愉悦的生活。相比之下，写诗只不过是她愉悦生活的一个小小部分，也就是所谓余事而已。她丰盛的内心有时丰盛到漫溢出来，她便将这漫溢出来的审美感受和生命能量，灌注进一个叫作古体诗的容器里，让自己看见，也让大家看见；一如把从山野密林随兴随喜采摘回家的一束鲜花，插进一个古色古香的中式瓶子，供自己欣赏，也与他人分享。这就是周洁的诗了：发乎自然，清新可喜。生活中多了这么一些诗，就像房间里多了几束鲜花，生命于是多了一道色彩，一下子就被提亮了。依我看，周洁写诗，与其说是文学创作，不如说是生活方式。她的诗和生活是融为一体的。这不就是朱光潜先生在《谈美》中所说的“人生的艺术化”吗？

周洁是我中学同学。她那时是短跑健将，运动场上虎虎生风的英姿，许多同学记忆犹新。一个如此文雅的小女生，竟深藏着如此丰沛的随时可以爆发的生命能量！这么多年过去，如今人到中年，周洁在香港美丽的山海间，慢慢找到适合自己的方式，过着诗意盎然的生活，自然舒展，云淡风清。这真好！

谭庭浩

2019年7月4日

（作者系南方日报出版社副社长、编审）

目录

春

目

录

夏

秋

冬

四时

春

佳兴

清静的龟

岸树春花嫩又鲜，
池石水龟闲似眠，
少食能忍藏大智，
龟龄鹤算看百年。

2019.3.5

清静的龟

岸树春花嫩又鲜，池石水龟闲似眠，
少食能忍藏大智，龟龄鹤算看百年。

春花

满园花色逗，
灼灼开枝头，
深浅各不一，
惜春不落后。

2019.3.8

春花

满园花色逗，灼灼开枝头，
深浅各不一，惜春不落后。

立春

春梅傲雪上枝头，
春兰入室芳更幽，
春笋凌霜竹清翠，
菊华满堂犹胜秋。

2018.2.4

立春

春梅傲雪上枝头，春兰入室芳更幽，
春笋凌霜竹清翠，菊华满堂犹胜秋。

春晓

窗外鸟啭绿树间，
涌上梅开水两边，
街角人见小花市，
不惊不觉又近年。

2018. 2. 11

春晓

窗外鸟啭绿树间，涌上梅开水两边，
街角人见小花市，不惊不觉又近年。

四季桔

枝繁叶茂果橙黄，
四季花开洁白香，
年年岁岁年年有，
但祈日月佑吉祥。

2018.2.19

四季桔

枝繁叶茂果橙黄，四季花开洁白香，
年年岁岁年年有，但祈日月佑吉祥。

春望

桃红柳绿春带雨，
鸟鸣莺啼池游鱼，
随富随贫终须过，
何不忘忧尽欢娱。

2018.2.22

春望

桃红柳绿春带雨，鸟鸣莺啼池游鱼，
随富随贫终须过，何不忘忧尽欢娱。

早春之木

春雨润树长嫩芽，
片片滴翠绿枝丫，
春风吹木轻轻摇，
姿态婀娜不逊花。

2018.2.27

早春之木

春雨润树长嫩芽，片片滴翠绿枝丫，
春风吹木轻轻摇，姿态婀娜不逊花。

海滨春夕

橙空沙鸥飞，
山影蒙余晖，
金轮白日落，
霞光照渔归。

2018.3.11

海滨春夕

橙空沙鸥飞，山影蒙余晖，
金轮白日落，霞光照渔归。

锦鲤与龟

金鳞游转波光动，
灵腹潜翻潋滟中，
二物作伴喜浮沉，
鱼龟静池戏水融。

2018.3.18

锦鲤与龟

金鳞游转波光动，灵腹潜翻潋滟中，
二物作伴喜浮沉，鱼龟静池戏水融。

赏花有感

春深似海百花开，

一花一叶一树栽，

花非有脚自上树，

看花当谢育花才。

2018.3.26

赏花有感

春深似海百花开，一花一叶一树栽，

花非有脚自上树，看花当谢育花才。

城里的月光

春夜圆镜娥影花，
清晖皎曜千万家，
楼宇纵有高中低，
月照无分你我他。

2018.3.30

城里的月光

春夜圆镜娥影花，清晖皎曜千万家，
楼宇纵有高中低，月照无分你我他。

春 日

仲春木木花竞放，
叶叶青葱风日朗，
霞光入林有秋意，
一树翠绿又橙黄。

2018.4.12

春日

仲春木木花竞放，叶叶青葱风日朗，
霞光入林有秋意，一树翠绿又橙黄。

春色如许

春到南国赏花期，
色红樱嫩开满枝，
如此庭芳幽香丽，
许是秦汉唐苑植。

2017.2.12

春色如许

春到南国赏花期，色红樱嫩开满枝，
如此庭芳幽香丽，许是秦汉唐苑植。

小树与老树

春光洒叶新木嫩，
龙蛇盘曲古树根，
小树看似知春早，
老木霜风更坚韧。

2017.2.16

小树与老树

春光洒叶新木嫩，龙蛇盘曲古树根，
小树看似知春早，老木霜风更坚韧。

春日看花

春雨黄昏一阵阵，
点点细涤叶上尘，
庭芳菲菲香风处，
花开静待有心人。

2017.2.21

春日看花

春雨黄昏一阵阵，点点细涤叶上尘，
庭芳菲菲香风处，花开静待有心人。

春游湿地

翠树青山芳草菲，
斜阳绿水碧芦肥，
惊蛰仍见白鹭影，
缘何春暖未北飞？

2017. 3. 5

春游湿地

翠树青山芳草菲，斜阳绿水碧芦肥，
惊蛰仍见白鹭影，缘何春暖未北飞？

树

深山树繁春雨湿，
枝老叶新花夕拾，
茂林木多姿万种，
少蛀不砍千年立。

2017．3．12

树

深山树繁春雨湿，枝老叶新花夕拾，
茂林木多姿万种，少蛀不砍千年立。

看花

繁花烂熳春日温，
千朵万朵香风闻，
人见花开多欢喜，
花本无心自悦人。

2017.3.13

看花

繁花烂熳春日温，千朵万朵香风闻，
人见花开多欢喜，花本无心自悦人。

绿

东风乍暖又寒清，

烟雨滴翠湿山岭，

万木逢春生嫩叶，

碧树一绿众鸟鸣。

2017.3.28

绿

东风乍暖又寒清，烟雨滴翠湿山岭，

万木逢春生嫩叶，碧树一绿众鸟鸣。

院子里的白百合

风吹茎干亭亭立，
雨洗叶片翠翠滴，
花朵洁白无尘染，
一身云裳是仙妮。

2017.3.30

院子里的白百合

风吹茎干亭亭立，雨洗叶片翠翠滴，
花朵洁白无尘染，一身云裳是仙妮。

听鸟

春晖洒树嫩叶鲜，
啼鸟飞枝千语喧，
百啭韵异却和鸣，
一曲人间四月天。

2017.4.2

听鸟

春晖洒树嫩叶鲜，啼鸟飞枝千语喧，
百啭韵异却和鸣，一曲人间四月天。

清明

天蓝云白气象清，
水碧山绿景物明，
仲暮春交洁齐日，
惜缘感恩不了情。

2017.4.4

清明　天蓝云白气象清，水碧山绿景物明，
仲暮春交洁齐日，惜缘感恩不了情。

8
Km/h

屋苑晚春

暮春树绿惠风清，
日高花影芳满庭，
苑香何以能熏人，
林芳只因有园丁。

2017.4.11

屋苑晚春

暮春树绿惠风清，日高花影芳满庭，
苑香何以能熏人，林芬只因有园丁。

大美漢字
The Beauty of Chinese Characters
美
書
Brush Strokes
Calligraphy is the art of producing beautiful line. That a line can vary in shade and in thickness - black versus white, tough versus mellow, etc., makes the art of using a brush and the art of using ink so special and charming.

汉字

上下左右书心志，
横竖撇捺写风流，
一点一画各有态，
活字生香溢千秋。

2017.4.12

汉字

上下左右书心志，横竖撇捺写风流，
一点一画各有态，活字生香溢千秋。

咏兰

阴晴不定回南天，
冷暖无常春光泄，
风影幽兰露清芬，
非因蜂蝶攀枝节。

2016.2.2

咏兰

阴晴不定回南天，冷暖无常春光泄，
风影幽兰露清芬，非因蜂蝶攀枝节。

香港仔海滨的黄昏

和风拂面吹皱水，
街渡舢舨穿梭忙，
避风塘上沙鸥飞，
渔舟暮归对夕阳。

2016.2.15

香港仔海滨的黄昏

和风拂面吹皱水，街渡舢舨穿梭忙，
避风塘上沙鸥飞，渔舟暮归对夕阳。

桃花

满目春光嫣然笑，
灯影胭脂万点红，
桃花无言却有情，
入室吐艳醉春风。

2016. 2. 15

桃花　满目春光嫣然笑，灯影胭脂万点红，
桃花无言却有情，入室吐艳醉春风。

父子骑膊马

儿女小时骑膊马，
鹤立鸡群举目顾，
他朝亲老不便行，
能有几人肩背父？

2016. 2. 16

父子骑膊马

儿女小时骑膊马，鹤立鸡群举目顾，
他朝亲老不便行，能有几人肩背父？

叶子

河边新叶嫩，

绿绿先知春，

片片生凡木，

不妒赏花人。

2016.3.10

叶子

河边新叶嫩，绿绿先知春。

片片生凡木，不妒赏花人。

志莲净苑

莲园莲花朵朵开，
仿唐殿宇依山建，
净土老树百年栽，
曲径通幽禅盎然。

2016.3.14

志莲净苑

莲园莲花朵朵开，仿唐殿宇依山建，
净土老树百年栽，曲径通幽禅盎然。

缘

缘

木有相思枝有缘，

一树一叶一花开，

杜鹃吐艳春满园，

友朋一笑拈花来。

2016. 3. 30

缘

木有相思枝有缘，一树一叶一花开，

杜鹃吐艳春满园，友朋一笑拈花来。

又是一年三月三

大澳水乡暮春暖，
海碧山绿繁花开，
木棉怒放红胜锦，
佳人有约踏青来。

2016. 4. 9

又是一年三月三

大澳水乡暮春暖，海碧山绿繁花开，
木棉怒放红胜锦，佳人有约踏青来。

闲适的猫

村静野花鲜，
院凉花猫闲，
意惬相顾盼，
心清正好眠。

2016. 4. 13

闲适的猫

村静野花鲜，院凉花猫闲，
意惬相顾盼，心清正好眠。

暮春雨后

夜雨微凉晨早晴，
晓风吹花叶绿清，
本疑庭前花尽落，
却见满院花倩影。

2016. 4. 18

暮春雨后

夜雨微凉晨早晴，晓风吹花叶绿清，
本疑庭前花尽落，却见满院花倩影。

和谐如意
福
花开富
和谐如

水仙

朵朵雪白拥黄蕊，
年年元月春日开，
水中仙子弄清影，
缕缕乡思散花来。

2016.10.27

水仙 | 朵朵雪白拥黄蕊，年年元月春日开，
水中仙子弄清影，缕缕乡思散花来。

四时

夏

佳兴

夏夕望月

白月东升湛蓝天，
斜阳夕照碧树前，
非弯非钩非圆月，
清光未满素娥面。

2019. 5. 15

夏夕望月

白月东升湛蓝天，斜阳夕照碧树前。
非弯非钩非圆月，清光未满素娥面。

黄昏的海旁

山青树绿白云散，
风平浪静少波澜，
楼船灯火相辉映，
海空一色共蔚蓝。

2018. 5. 31

黄昏的海旁

山青树绿白云散，风平浪静少波澜，
楼船灯火相辉映，海空一色共蔚蓝。

仲夏黄昏

海风吹树沙沙响，
白云浮山片片亮，
路人堤岸漫漫行，
猫儿无事来乘凉。

2018. 6. 15

仲夏黄昏

海风吹树沙沙响，白云浮山片片亮，
路人堤岸漫漫行，猫儿无事来乘凉。

仲夏夜之月

夏夜十五海天清，
银镜无意照稀星，
万家灯火纵通亮，
不及圆月一轮明。

2018.6.28

仲夏夜之月

夏夜十五海天清，银镜无意照稀星，
万家灯火纵通亮，不及圆月一轮明。

季夏黄昏

晴空蓝天白云飘，
海风轻吹树上鸟，
举头望日又见月，
双辉共映花枝俏。

2018.7.20

季夏黄昏

晴空蓝天白云飘，海风轻吹树上鸟，
举头望日又见月，双辉共映花枝俏。

立夏

窗外青山薄雾笼，
西斜日光照室中，
几上雏菊清香散，
素朴古丽小玲珑。

2017.5.5

立夏

窗外青山薄雾笼，西斜日光照室中，
几上雏菊清香散，素朴古丽小玲珑。

初夏木棉

凉风阵阵吹棉球，
花谢叶开绿油油，
飞絮飘飘如小雪，
四散落地晃悠悠。

2017.5.22

初夏木棉

凉风阵阵吹棉球，花谢叶开绿油油，
飞絮飘飘如小雪，四散落地晃悠悠。

草原初夏

平芜茫茫阔带草，
四野无际罩穹苍，
湿地水边青黄草，
辽看凉风吹牛羊。

2016. 6. 1

草原初夏

平芜茫茫阔带草，四野无际罩穹苍，
湿地水边青黄草，辽看凉风吹牛羊。

沙漠日落

凉风吹沙泛微尘，
碧空夕照散彩霞，
金粉红紫色幻变，
一橙圆日落黄沙。

2016.6.2

沙漠日落

凉风吹沙泛微尘，碧空夕照散彩霞，
金粉红紫色幻变，一橙圆日落黄沙。

荷池初夏

凉风摇荷漫舞池，
罗裙轻摆抱红芳，
千娇照水犹含笑，
碧叶此时胜花香。

2016.6.6

荷池初夏

凉风摇荷漫舞池，罗裙轻摆抱红芳，
千娇照水犹含笑，碧叶此时胜花香。

雨中庭园

帆灯盏盏立庭园，
草青树绿花儿红，
夏雨点点滴清池，
锦鲤欢欢戏水中。

2016.6.7

雨中庭园

帆灯盏盏立庭园，草青树绿花儿红，
夏雨点点滴清池，锦鲤欢欢戏水中。

鲤鱼门的黄昏

金轮白日落西天，
红霞染海泛光影，
夕阳看景纵醉人，
不及老友叙旧情。

2016. 6. 20

鲤鱼门的黄昏

金轮白日落西天，红霞染海泛光影，
夕阳看景纵醉人，不及老友叙旧情。

盛夏东湖的早晨

白日东升金满湖，
绯荷出水亭立笑，
日计常始于清早，
东湖夏晨媲春晓。

2016.7.29

盛夏东湖的早晨

白日东升金满湖，绯荷出水亭立笑，
日计常始于清早，东湖夏晨媲春晓。

台风过后的黄昏

凉风吹海泛绿波，

兽云出山竞嵯峨，

千形万态摇身变，

虚空聚散落霞多。

2016.8.3

台风过后的黄昏

凉风吹海泛绿波，兽云出山竞嵯峨，

千形万态摇身变，虚空聚散落霞多。

月下悠闲的牛

海岸码头绿草茵，
黄犊低首热语亲，
听涛斜卧蛾眉月，
懒理闲行过路人。

2016.8.7

月下悠闲的牛

海岸码头绿草茵，黄犊低首热语亲，
听涛斜卧蛾眉月，懒理闲行过路人。

初荷出水

五月幽风，
绿水满塘，
池荷暗香，
胜旁柳杨。

2015.6.11

初荷出水

五月幽风，绿水满塘，
池荷暗香，胜旁柳杨。

四时

秋

佳兴

秋梨

枝矮叶绿硕果黄，
皮脆肉白味清爽，
阵阵秋风迎面过，
梨梨满树一山香。

2018.9.22

秋梨

枝矮叶绿硕果黄，皮脆肉白味清爽，
阵阵秋风迎面过，梨梨满树一山香。

渔港落日

渔舟靠港白日落，
沧海暮色漾金波，
十数沙鸥飞斜阳，
晚风渔归有几多？

2018.9.27

渔港落日

渔舟靠港白日落，沧海暮色漾金波，
十数沙鸥飞斜阳，晚风渔归有几多？

秋夜

风轻云重月朦胧，
路有好花香树丛，
平平淡淡平常夜，
平平安安又秋浓。

2018.10.24

秋夜

风轻云重月朦胧，路有好花香树丛，
平平淡淡平常夜，平平安安又秋浓。

深秋日落

秋山秋水树摇风，
红日浸海晚霞溶，
千古夕阳无限好，
黄昏看客各不同。

2018.10.29

深秋日落

秋山秋水树摇风，红日浸海晚霞溶，
千古夕阳无限好，黄昏看客各不同。

1988-2018
相约三十年

杂感

芳华志学书堂梦，
足踏江湖道不同，
荣枯得失平常事，
相见何必问西东。

2018.11.16

杂感

芳华志学书堂梦，足踏江湖道不同，
荣枯得失平常事，相见何必问西东。

秋天的稻田

阳光洒田绿泛黄，
稻花漫野稻谷香，
稻穗鼓囊低头看，
试问秋来谁最忙？

2017.5.11

秋天的稻田

阳光洒田绿泛黄，稻花漫野稻谷香，
稻穗鼓囊低头看，试问秋来谁最忙？

立秋过后的香江

热气蒸腾人衣薄，
骤雨瓢落暑未消，
南国秋风素来晚，
秋声秋色等闲瞧。

2016.8.10

立秋过后的香江

热气蒸腾人衣薄，骤雨瓢落暑未消，
南国秋风素来晚，秋声秋色等闲瞧。

步月

夜色苍然凉风送，
月移我走似步同，
光照火树花犹在，
楼灯初见繁木中。

2016.8.14

步月

夜色苍然凉风送，月移我走似步同，
光照火树花犹在，楼灯初见繁木中。

初秋

数日连夜雨，
点滴翠花枝，
小院凉气生，
风清觉秋意。

2016. 8. 16

初秋

数日连夜雨，点滴翠花枝，
小院凉气生，风清觉秋意。

秋果

春雨秋风甘露滴，
春华秋实果满枝，
累累蔓悬几园树，
天道酬勤如约至。

2016.10.18

秋果　春雨秋风甘露滴，春华秋实果满枝，
累累蔓悬几园树，天道酬勤如约至。

初秋午后的东山湖

清风徐来暑半消，
小桥绿荫翠满堤，
湖畔漫开雨百合，
秋日园景似夏季。

2015.9.9

初秋午后的东山湖

清风徐来暑半消，小桥绿荫翠满堤，
湖畔漫开雨百合，秋日园景似夏季。

初秋静美的海滨

两岸绿树睡烟波，

海边幽石卧沙球，

微微凉风吹轻舟，

鳞鳞秋水向东流。

2015.9.19

初秋静美的海滨

两岸绿树睡烟波，海边幽石卧沙球，

微微凉风吹轻舟，鳞鳞秋水向东流。

公园里的老树

老树枝柯多，
繁阴落葵丛，
秋来绿意盎，
鸟蝉鸣园中。

2015.10.7

公园里的老树

老树枝柯多，繁阴落葵丛，
秋来绿意盎，鸟蝉鸣园中。

重阳看海上日出

九月九日望晴空，
秋水秋天又秋风，
一轮圆光飞东山，
朝霞鳞鳞入海中。

2015.10.21

重阳看海上日出

九月九日望晴空，秋水秋天又秋风，
一轮圆光飞东山，朝霞鳞鳞入海中。

秋日黄昏深圳湾

霜降暮日霞晖暗，
对岸青山若飞烟，
渔舟鱼获渔家归，
荡漾生涯又一天。

2015.10.25

秋日黄昏深圳湾

霜降暮日霞晖暗，对岸青山若飞烟，
渔舟鱼获渔家归，荡漾生涯又一天。

码头黄昏

日落西山去，
霞彩万丈起，
金光沧海照，
秋云澄空飞。

2015.11.1

码头黄昏

日落西山去，霞彩万丈起，
金光沧海照，秋云澄空飞。

秋云

秋高气爽立街口，
抬头一瞥楼顶天，
白云朵朵闲又静，
悠然飘浮似絮棉。

2015.11.5

秋云

秋高气爽立街口，抬头一瞥楼顶天，
白云朵朵闲又静，悠然飘浮似絮棉。

湖桥

绿树植满岸，
石桥横水面，
曲径通幽处，
秋松望澄天。

2015.11.20

湖桥

绿树植满岸，石桥横水面，
曲径通幽处，秋松望澄天。

秋雨

细雨蒙蒙淅沥下，
百花欢欢涯泽开，
愁丝袅袅扶烟上，
万叶欣欣挂绿来。

2015.11.23

秋雨

细雨蒙蒙淅沥下，百花欢欢涯泽开，
愁丝袅袅扶烟上，万叶欣欣挂绿来。

四时

冬

佳兴

元旦感怀

倚窗观山见海平，
高低远近皆风景，
节同时异梦非梦，
安康喜乐是真情。

2019.1.1

元旦感怀

倚窗观山见海平，高低远近皆风景，
节同时异梦非梦，安康喜乐是真情。

黄昏

斜阳疏照华灯亮，
光映树木叶斑斓，
林鸟声声唱不尽，
晚风轻轻觉路漫。

2019.1.21

黄昏　斜阳疏照华灯亮，光映树木叶斑斓，
林鸟声声唱不尽，晚风轻轻觉路漫。

冬日黄昏看日落

远山隔海白日垂，
红霞四射波卷水，
浪花似雪风吹面，
冷暮转瞬绯阳坠。

2018. 1. 15

冬日黄昏看日落

远山隔海白日垂，红霞四射波卷水，
浪花似雪风吹面，冷暮转瞬绯阳坠。

帆影

立冬之后无冬意，
数百飞帆波里驰，
大帆小帆争流逐，
帆过何人执牛耳？

2018.11.20

帆影　立冬之后无冬意，数百飞帆波里驰，
大帆小帆争流逐，帆过何人执牛耳？

初冬黄昏

冬云片片飞满天，
夕阳依依霞光现，
忽见云蒸金灿灿，
转眼云烧火蔓延。

2018.12.11

初冬黄昏

冬云片片飞满天，夕阳依依霞光现，
忽见云蒸金灿灿，转眼云烧火蔓延。

How to
Get Control
of
Your Time
and Your Life
如何掌控
自己的时间和生活

读书

夜榻窗前晚风凉，
寒舍静坐闻书香，
对话古今明智者，
一籍一册一师藏。

2017.1.13

读书

夜榻窗前晚风凉，寒舍静坐闻书香，
对话古今明智者，一籍一册一师藏。

匆匆

日月有脚白驹过，
时光流金似蹉跎，
异乡故乡若比邻，
芳华年岁谁无错？

2017.12.18

匆匆

日月有脚白驹过，时光流金似蹉跎，
异乡故乡若比邻，芳华年岁谁无错?

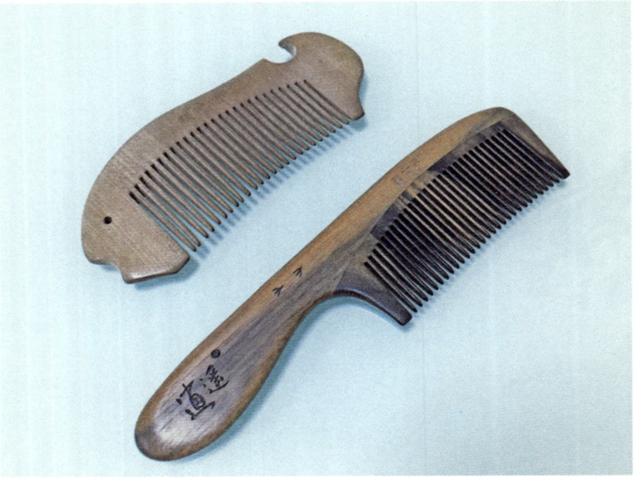

桃木梳子

梳齿光洁手感滑，
提神醒脑养秀发，
缓缓梳头香气飘，
丝丝柔情留心察。

2017. 12. 20

桃木梳子

梳齿光洁手感滑，提神醒脑养秀发，
缓缓梳头香气飘，丝丝柔情留心察。

冬至的香港仔黄昏

渔舟华灯伴身影，
绘声绘色绘人情，
三五沙鸥飞晚霞，
一弯眉月上天青。

2017.12.22

冬至的香港仔黄昏

渔舟华灯伴身影，绘声绘色绘人情，
三五沙鸥飞晚霞，一弯眉月上天青。

假日黄昏的枫香林

红叶漫漫冬日暖，

片片悠悠随风转，

游人如织登山望，

凉亭一歇晚情传。

2017.12.24

假日黄昏的枫香林

红叶漫漫冬日暖，片片悠悠随风转，

游人如织登山望，凉亭一歇晚情传。

港大校园一隅

红砖木窗白圆柱，
老树百年仍劲苍，
一张背椅靠墙立，
曾坐几多读书郎？

2016.1.3

港大校园一隅

红砖木窗白圆柱，老树百年仍劲苍，
一张背椅靠墙立，曾坐几多读书郎？

梁园夕照

幽亭半倚斜阳树，
小桥妙搭叠石丛，
一沼清水明如镜，
满园秀色照池中。

2016.1.12

梁园夕照

幽亭半倚斜阳树，小桥妙搭叠石丛，
一沼清水明如镜，满园秀色照池中。

梁园一隅

百年果树绿满庭，
一石成形独成景，
多少鸿儒谈笑聚，
书斋闲居赋诗情。

2016.1.12

梁园一隅

百年果树绿满庭，一石成形独成景，
多少鸿儒谈笑聚，书斋闲居赋诗情。

冬日维港的傍晚

日落西天晚霞飞，
灯照两岸渔火美，
冷风拂面抬头望，
碧空已见小娥眉。

2016. 1. 13

冬日维港的傍晚

日落西天晚霞飞，灯照两岸渔火美，
冷风拂面抬头望，碧空已见小娥眉。

锦鲤

卵石卧泽苔青青，
岸树倒潭影绿绿，
鱼吹波圆水圈儿，
上下翻跳满池逐。

2016. 1. 19

锦鲤

卵石卧泽苔青青，岸树倒潭影绿绿，
鱼吹波圆水圈儿，上下翻跳满池逐。

咏　菊

寒菊冬开竞众芳，
味貌倾君何其香，
千姿百态随风舞，
无言一笑带月霜。

2016. 11. 7

咏菊　寒菊冬开竞众芳，味貌倾君何其香，
千姿百态随风舞，无言一笑带月霜。

满　月

十五冬月似圆镜，
清光晖映照树花，
各地楼宅各处明，
满月无心耀万家。

2016.11.14

满月　十五冬月似圆镜，清光晖映照树花，
各地楼宅各处明，满月无心耀万家。

维港两岸

高楼密麻似春笋，
山海如画入眼帘，
天浮浪云浸碧水，
美图一帧看不厌。

2016.11.17

维港两岸

高楼密麻似春笋，山海如画入眼帘，
天浮浪云浸碧水，美图一帧看不厌。

雨后郊外

风凉气清草木湿，
山远路陡小径滑，
绿林深处溪鸟鸣，
芳野村落有人家。

2016.12.24

雨后郊外

风凉气清草木湿，山远路陡小径滑，
绿林深处溪鸟鸣，芳野村落有人家。

九乡惊魂峡

两岸峭壁如斧劈，
绿树苍葱幽色遍，
峡底流泉穿石响，
深谷回望一线天。

2015.12.1

九乡惊魂峡

两岸峭壁如斧劈，绿树苍葱幽色遍，
峡底流泉穿石响，深谷回望一线天。

丽江古镇的清晨

天高云淡气清新，

街头漫步静悠然，

小桥流水古木在，

石板路踏八百年。

2015.12.3

丽江古镇的清晨

天高云淡气清新，街头漫步静悠然，

小桥流水古木在，石板路踏八百年。

丽江黑龙潭的早晨

玉水河畔垂柳飘，
长虹卧波象山映，
龙雪飞云楼台现，
一潭澄碧天树影。

2015.12.3

丽江黑龙潭的早晨

玉水河畔垂柳飘，长虹卧波象山映，
龙雪飞云楼台现，一潭澄碧天树影。

丽江观音峡的黄昏

日暮古道黄叶深，

斜阳茶马重镇红，

峡风吹云穿幽谷，

晚霞飘落碧湖中。

2015. 12. 4

丽江观音峡的黄昏

日暮古道黄叶深，斜阳茶马重镇红，

峡风吹云穿幽谷，晚霞飘落碧湖中。

丽江玉水寨

玉龙喷泉顺山下，

叠水穿崖滑石流，

东巴壁画绘圣地，

纳西古乐奏春秋。

2015.12.6

丽江玉水寨

玉龙喷泉顺山下，叠水穿崖滑石流，

东巴壁画绘圣地，纳西古乐奏春秋。

初冬游园赏金丝竹

翠筠依依嫩叶舒，

绿竹擢擢玉枝寒，

凉风习习穿林过，

轩柯亭亭百尺竿。

2015.12.14

初冬游园赏金丝竹

翠筠依依嫩叶舒，绿竹擢擢玉枝寒，
凉风习习穿林过，轩柯亭亭百尺竺。

莲池

田田叶绿水中天，
子午莲红半塘池，
污淤泥青花不染，
美颜玉碧睡醒时。

2015.12.18

莲池　田田叶绿水中天，子午莲红半塘池，
污淤泥青花不染，美颜玉碧睡醒时。

南莲园池一隅

亭掩绿树间，
梅开苔石丛，
锦鲤数百条，
闲游莲池中。

2015.12.19

南莲园池一隅

亭掩绿树间，梅开苔石丛，
锦鲤数百条，闲游莲池中。

TCL
SEASON'S
GREETINGS

平安夜的维港

暖风如春吹雾散，
圆月似镜推云开，
霓虹幻彩耀香江，
一叶红帆晚归来。

2015.12.24

平安夜的维港

暖风如春吹雾散，圆月似镜推云开，
霓虹幻彩耀香江，一叶红帆晚归来。

二〇一五岁末

弹指五十如一梦，
流金岁月去无声，
多少往事云烟过，
夕阳依旧看风景。

2015. 12. 29

二〇一五岁末

弹指五十如一梦，流金岁月去无声，
多少往事云烟过，夕阳依旧看风景。

猫猫黄昏来看海

独坐礁岩如虎踞，
静听滩石响潮水，
归舟点点浮烟泊，
晚霞红影天际垂。

2015. 12. 31

猫猫黄昏来看海

独坐礁岩如虎踞，静听滩石响潮水，
归舟点点浮烟泊，晚霞红影天际垂。

后记

倚窗观山海，心静风自来，阴天听涛雨，晴空看霞彩。

闲居海边，在柴米油盐的平淡现实生活里，我平日手机随手拍的照片，提供了诗的机缘和诗的素材。这是我的第一本诗集，是从我近几年来写的500多首应景即兴小诗中精选的百首汇编。这些小诗，虽是我对身边平凡事物的小感悟，用笔写下，确实为自己增添了清欢和乐趣。

这本书的出版，要感谢我的大学班主任老师、香港新闻工作者联会副主席郭一鸣先生为书名题字，感谢我的中学同班同学、南方日报出版社副社长谭庭浩先生为本书作序。

风花雪月平淡事，春夏秋冬寻常时，等闲静观得佳句，四季即兴自成诗。作为爱好与玩乐，我会按照自己的心意写下去，并与有缘人分享。

周洁

2019年7月4日

于港岛田湾寓所